উচ্ছ্বাসের রঙ

এক রঙিন কবিতার সমাহার

ঋদ্ধিমা সেন

Ukiyoto Publishing

সমস্ত বিশ্বব্যাপী প্রকাশনা অধিকার দ্বারা সংরক্ষিত

Ukiyoto Publishing

২০২৩ সালে প্রকাশিত

কন্টেন্ট কপিরাইট © ঋদ্ধিমা সেন

ISBN 9789359209326

দ্বিতীয় সংস্করণ

সমস্ত অধিকার সংরক্ষিত।
প্রকাশকের পূর্বানুমতি ব্যতিরেকে এই প্রকাশনার কোনো অংশ পুনরুৎপাদন, প্রেরণ, বা পুনরুদ্ধার ব্যবস্থায় সংরক্ষণ করা যাবে না।যে কোনো উপায়ে, ইলেকট্রনিক, যান্ত্রিক, ফটোকপি, রেকর্ডিং বা অন্য কোনোভাবে প্রতিলিপি করা যাবে না।

লেখকের নৈতিক অধিকার নিশ্চিত করা হয়েছে।

এটা একটা অলীক কাজ। নাম, চরিত্র, ব্যবসা, স্থান, ঘটনা, লোকেল এবং ঘটনাগুলি হয় লেখকের কল্পনার পণ্য বা কাল্পনিক পদ্ধতিতে ব্যবহৃত হয়। প্রকৃত ব্যক্তি, জীবিত বা মৃত, বা বাস্তব ঘটনার সাথে কোন সাদৃশ্য সম্পূর্ণ ভাবে কাকতালীয়।

এই বইটি এই শর্ত সাপেক্ষে বিক্রি করা হচ্ছে যে এটি ব্যবসার মাধ্যমে বা অন্যভাবে, প্রকাশকের পূর্ব সম্মতি ব্যতিরেকে, ধার দেওয়া, পুনঃবিক্রয় করা, ভাড়া করা বা অন্যভাবে প্রচার করা হবে না, এটি যেটিতে রয়েছে তা ব্যতীত অন্য কোন প্রকার বাঁধাই বা কভারে প্রকাশিত করা যাবে না। এই শর্ত লঙ্ঘিত হলে উপযুক্ত আইনি ব্যবস্থা গ্রহণ করা হবে।

www.ukiyoto.com

উৎসর্গ

আমাকে এই সুবর্ণ সুযোগ দেওয়ার জন্য আমি উকিওতো পাবলিশিং কে আমার আন্তরিক ধন্যবাদ জানাই।

সূচীপত্র

উচ্ছ্বাসের রঙ

জার্নাল এন্ট্রি

স্ক্রিবলিং এর উপাখ্যান

গোলাপের কুঁচকে যাওয়া পাপড়ি

বিবর্ণ ড্যান্ডেলিয়ন

মেন্ডসিটির রঙ

লাল চিঠি

স্বাধীনতা

ঝামেলার রং

নীরবতার মুক্তা

ভরাই সোই

লেখিকা পরিচিতি

ঋদ্ধিমা সেন

উচ্ছ্বাসের রঙ

নীল এবং রূপালী এর প্রাণবন্ত রং,
একটি উদ্বেল গবলিন লাল ওয়াইন;
উচ্ছ্বাসের চিহ্ন, আলোকিত ল্যান্ডস্কেপ,
আকাশী দিগন্তে প্রদীপ জ্বলছে
উচ্ছ্বাসের বর্ণগুলি নিজেই প্রফুল্ল জীবনের প্রতিনিধি,
লিলাক টি-শার্টের অস্পষ্ট গন্ধ, সুখী দিনের স্মৃতি, সুখের চিহ্ন।

উচ্ছ্বাসের রঙ

জার্নাল এন্ট্রি

বিস্ময়কর, উজ্জ্বল পোশাক
অসংখ্য রঙিন সুতো দিয়ে বোনা,
উজ্জ্বল লাল রঙের আভা,
পাহাড়ের নীল, শান্তির প্রতিনিধি;
এবং প্যাস্টেল ছায়া গো, সূক্ষ্ম এখনও সুন্দর।

স্ক্রিবলিং এর উপাখ্যান

ডিসেম্বর ২০১৪: শুকনো, সংকুচিত পাতা
সাদা পাতার মাঝে আটকে আছে,
উজ্জ্বল নীল মখমলের ডায়েরি থেকে,
অসংখ্য স্মৃতি বিজড়িত;
শীতের পতনের হলুদ স্কুল ভবনে কাটানো মূল্যবান দিনগুলোর মধ্যে,
ওহ, টিক-ট্যাক-টো খেলার প্রাণবন্ত স্মৃতি,
এবং পশমী সোয়েটারের তাজা গন্ধ,
সোনালী, পুরানো দিনের স্মৃতি।
মে ২০১৫: অবশেষে, বহু প্রতীক্ষিত অপেক্ষার অবসান হল,
পূর্ণ বয়স্ক পাখিরা উড়ে যাবে দূরে,
আরামদায়ক বাসা থেকে দূরে
এবং তাদের দ্বিতীয় বাড়ির বন্ধুত্বপূর্ণ পরিবেশ;
এটি একটি বরং বেদনাদায়ক বিচ্ছেদ,
যেন মানব দেহ থেকে বক্ষ বের করা হচ্ছে,
কঙ্কাল এবং পেশী একটি ব্যাগ,
বারো বছরের নস্টালজিয়ায় অশ্রুসজল বিদায় নিলাম,
প্রকৃতপক্ষে উচ্ছ্বাস এবং চিন্তাশীল,
বিষণ্ণ চিন্তার একটি সংমিশ্রণ।

গোলাপের কুঁচকে যাওয়া পাপড়ি

ছড়িয়ে ছিটিয়ে আছে সারা পথ,
জীবনের ধুলো দিয়ে ক্রোম হলুদ,
অপমানে লেপা,
নিস্তেজ ধূসর একঘেয়ে ছায়া গো
কালো দাগ দিয়ে আভা
যা জীবনের প্রতিনিধিত্ব করে,
তার সবচেয়ে কাঁচা আত্ম মধ্যে;
অন্ধকার আকারে এম্বেড করা
ফুটপাতে হেলান দিয়ে
জীবন সত্যিই একটি রোলারকোস্টার রাইড।

ঋদ্ধিমা সেন

বিবর্ণ ড্যান্ডেলিয়ন

আমার প্রিয়, তোমার কি এখনও মনে আছে?
সুস্পষ্ট আনন্দের দিন;
যখন আমরা একসাথে ছিলাম
বক্ষের সঙ্গী যারা কখনো বিচ্ছিন্ন হতে পারেনি।
চিরকালের প্রেমিক,

আমার এখনো মনে আছে
তোমার নীল সুতির টি-শার্টের উষ্ণ গন্ধ,
লনে আরামদায়ক জায়গা
যেখানে আমরা আমাদের মনের কথা বলেছিলাম,
এখন, তুমি আমাকে ছেড়ে চলে গেলে
আমরা হয়তো আর কখনো এক হবো না,
কিন্তু, সন্ধ্যাটা স্মৃতিতে ভরা
আপনার নাইলন কার্ডিগানের ফ্যাব্রিক আটকে আছে
আমার গোলাপী সোয়েটার,
অবিরাম অবিরত
আমার মেমরি লেন নিচে
চেরি ফুলের মার্জিত দৃশ্য
আমার হৃদয়ে ছড়িয়ে,

উচ্ছ্বাসের রঙ

হালকা গোলাপি দাগ
আমার রক্তক্ষরণ হৃদয়ে,
মানুষ চলে যায়
কিন্তু স্মৃতি থেকে যায়।

যদিও আমার হৃদয়ের দাগ রক্তে সেঁকে গেছে,
এবং আমার দুর্বল হৃদয়ের অভ্যন্তরীণ অংশকে শোভিত করেছে
আমি এখনও লা আমোরের স্মৃতি লালন করি।
ডেনডালীয়নগুলো বিবর্ণ হয়েছে, প্রিয়।

ঋদ্ধিমা সেন

মেন্ডসিটির রঙ

দিগন্ত ভেদ করে রঙিন আভা,
ফিরোজা নীলের বাকপটু আভা;
বেবি পিঙ্কের ছায়ায় টাইগার,
এবং উচ্ছ্বাসের রঙে আবদ্ধ,
সারা আকাশ জুড়ে ছড়িয়ে।

এগুলি হল ন্যায্যতার রঙ,
দৈনন্দিন কাজকর্মের চিহ্ন,
দুঃখে পরিপূর্ণ, তবুও
সিরামিক টেবিল থেকে কফির গন্ধ বের হচ্ছে,
সুতির টি-শার্টের বহুল পরিচিত ফ্যাব্রিক
অনুপ্রাণিত শব্দ দিয়ে
জাগতিক তবুও মূল্যবান।

উচ্ছ্বাসের রঙ

লাল চিঠি

বয়ঃসন্ধির রক্তাক্ত পদচিহ্ন,
দাগহীন স্যানিটারি ন্যাপকিনগুলিতে ছাপ ছেড়েছে;
বিশুদ্ধ নিষ্পাপ আত্মার মতো সাদা
নিষ্পাপ, অল্পবয়সী কুমারী
পরিপক্কতার এবং অপরিপক্কতা
দোরগোড়ায় দাঁড়িয়ে,
একজন পরিপক্ক নারীতে কীভাবে বিকাশ করা যায় সে
সম্পর্কে এখনও স্পষ্ট নয়,
একবার শুঁয়োপোকা পিউপা থেকে নিজেকে প্রকাশ করে
এটি নিজের চারপাশের বিশ্বকে অন্বেষণ করে
যা মুগ্ধ করে,
তবু বিপদে আচ্ছন্ন।
কুমারীত্ব থেকে নারীত্বের যাত্রা বেশ কঠিন,
একটি অপ্রত্যাশিত যাত্রা;
বিচ্ছেদ, হৃদয়ে যন্ত্রণা, হয়রানি এবং ধমক দিয়ে পূর্ণ
একটি আবেগপূর্ণ রোলারকোস্টার রাইড
যা একজন নারীর জীবনের একটি গুরুত্বপূর্ণ অংশ
একটি পথ যা শুরু করার মত।

ঋদ্ধিমা সেন

স্বাধীনতা

স্বাধীনতা কি?
স্বাধীনতার অনুভূতি,
অপরিসীম, সীমাহীন
ঠিক আকাশের মতো
বায়ু এবং অপরিমেয়।

উচ্ছ্বাসের রঙ

ঝামেলার রং

ওহ, দুঃখের সেই বর্ণগুলি,
বরফের চূড়ায় ভরা,
বরফ,
সব কালো এবং নীল,
এবং;
নিস্তেজ ধূসর রেখা
আকাশ জুড়ে জ্বলছে।

ঋদ্ধিমা সেন

নীরবতার মুক্তা

এক দুঃসহ দিনে,
দীর্ঘ এবং চিন্তাশীল;
অফিসে অনেক কষ্টের পর,
শীতাতপ নিয়ন্ত্রিত ঘরে স্লোগিং
নীরবতা সহজে বলা একটি শব্দের মত

ঝিনুক থেকে মুক্তোর মতো আকাশ থেকে ঝরে পড়া
মেঘ এবং পলির সমন্বয়ে গঠিত।
বেবি পিঙ্ক এবং গাঢ় ধূসর,
সোনার দাগ দিয়ে।

ভরাই সোই

আমাদের প্রকৃত আত্ম কি?
হতে পারে আমাদের অভ্যন্তরীণ মানসিকতার একটি চিত্র
আইডি, ইগো এবং সুপারইগোর সংমিশ্রণ,
অদম্য তাগিদ,
উচ্ছ্বাস, কামশক্তি এবং লালসার যন্ত্রণা;
মুক্ত আকাশে উড়ার সংযত তাগিদ,

আমাদের সর্বদা আমাদের সত্যিকারকে ভালবাসতে হবে,
আমাদের অন্তরের প্রতিফলন
বেগুনি ফুল, সাদা দাগ সহ।

লেখিকা পরিচিতি

ঋদ্ধিমা সেন

ঋদ্ধিমা সেন বর্তমানে কলকাতার দিল্লি পাবলিক স্কুল নিউটাউনে দ্বাদশ শ্রেণিতে পড়ছেন। তিনি বই পড়তে এবং কবিতা লিখতে পছন্দ করেন। এমনকি তিনি পোশাক ডিজাইন করতেও পছন্দ করেন। তিনি ইউনিটিতে একজন সোশ্যাল মিডিয়া ইন্টার্ন, হামারি পাহচান এনজিওতে একজন স্বেচ্ছাসেবক, টিম এভারেস্টে পাঠ্যক্রম লেখার একজন ইন্টার্ন এবং আর্কিটেকচার ক্লাবের ভাইস প্রেসিডেন্ট, সুপ্রস।

www.ingramcontent.com/pod-product-compliance
Lightning Source LLC
LaVergne TN
LVHW041603070526
838199LV00047B/2128